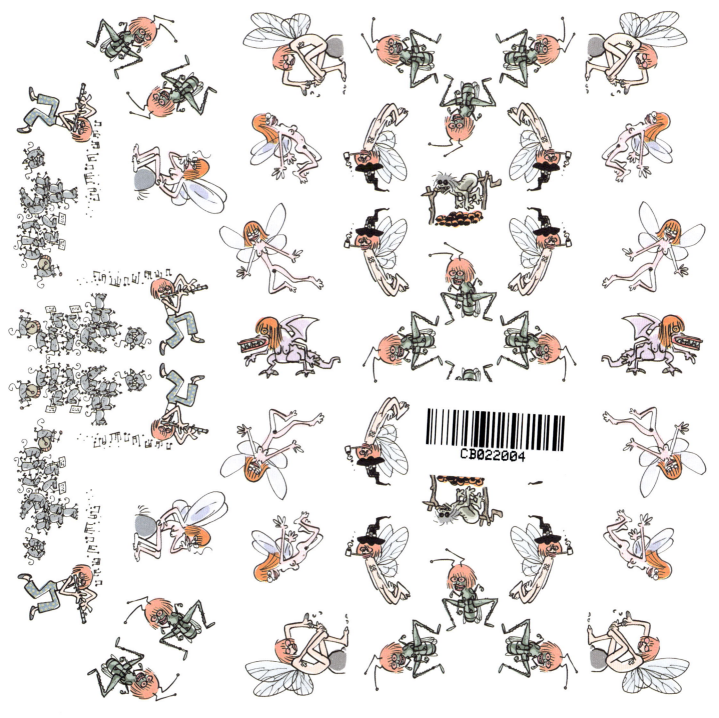

Storynhas
Rita Lee
ilustrações Laerte

COMPANHIA DAS LETRAS

Storynhas

Minha futura autobiografia ñ autorizada por mim mesma contará situações fakes baseadas em fatos reais. Mas isso é uma história q fica p/ uma outra vez.

Relendo minhas escrivinhações twittêscas nonsense d 4 anos p/ cá, entendi pq vários twittietes me chamavam d "velha louca drogada", afinal, eu fazia twitterapia às custas da caridade de quem me amava.

Totalmente recuperada, só-por-hoje, sou voluntária da MongONG, onde presto ajuda como sacerdotiZen.

Tudo começou qdo me livrei das tetas q nunca tive c/ uma dupla mastectomia preventiva. Ao (infelizmente) acordar da anestesia, senti 2 cachorrinhos de plástico mamando em mim.

Eram drenos e tinham vida própria. Ñ demorei a criar apego e, sugerido por uma fã virtual porralouca, batizei-os de Duo Dreno.

Nesse momento, Juca, meu filho, entra na cena puxando o gatilho.

"Mãe, modernize-se!", e me atirou o brinquedinho-ursinho-bláubláu da vez, um áifôni. Em homenagem à Lispector, batizei-o de Clarice.

Foi então q everybody-all-together-now aconteceu a metanóia epifânica, e eu passei a enviar SOSs daqui d dentro desta minha garrafa existencial boiando em mares nunca d'antes escrevinhados.

Meu estilo é mongo-ginasiano.

Sou meditante, adepta de acêntos, hí-fens e trëmas.

A nova ortografia ñ me representa.

Qdo a ditadura é um fato, a resistência é um dever.

Eis minha carteirinha d sócia do Fã-Clube dos Corações Solitários:
@LitaRee_real

A dupla de los 2

SpaStein.

Cirurgia ok.

Lá estão os dois dreninhos sugando das ex-tetas um líquido alaranjado,
mistura d sangue, gordura e gosma.

Na volta p/ casa, porém, a depau-operada é assaltada e seus dreninhos sequestrados.

Sonya, a promotora-aposentada-loira-oxigenada-sobrancelhas-tatuadas,
é a líder da gangue de órgãos artificiais no mercado negro.

Nos porões de ñ sei onde, os gêmeos são pau de ararados até escoarem toda a gororoba
da ex-mãe-paciente. Uma bondosa serviçal, ao ver a cena, facilita-lhes a fuga e passa
o endereço de uma pensãozinha pobre mas limpinha.

Acontece q os irmãos cantavam mto bem, ñ foi difícil arranjar emprego
numa casa noturna de baixa frequência.

Nascia ali a mais nova dupla d sucesso passageiro: o Duo Dreno!

Famosos e viciados em tetas, ozmão grudavam seus cateteres nas fêmeas
e sugavam até a última gota.

MastectoLeaks. SillyCones.

Eis q um médico médium, um médicum, desvenda o mistério.

"Os gêmeos foram lobotomizados por Sonya,
a promotora-aposentada-loira-oxigenada-sobrancelhas-tatuadas"

#FreeDuoDreno

Pistas levaram a um açougue em Brasília onde ozmão, pra lá d marrakesh,
mamavam nas tetas do governo.

Enquanto isso no SpaStein, outra mastectomia, desta vez uma gringa.

Drenos em falta.

O médicum, depois d rehab los hermanitos do mundo do crime,
tem a grata surpresa d recebê-los na sala d cirurgia.

Perfeita a cena d Angelina Jolie acordando c/ os dreninhos fazendo
serenata "mama mia, mama late, sua teta é melhor q chocolate"

Duo Dreno d sorte.

Maycon Wellington

A vida d um secador d cabelo.
Apesar do nome Maycon Wellington, era made in brazil
fabricado no Paraguay. Vivia no banheiro d uma perua
oxigenada q se achava linda e sexy. Tinha um filhinho
praga, daqueles q tascam fogo no freezer. Certo dia a
mãe saiu p/ o salão d beleza onde era manicure e lá foi o
garoto belzebu pegar Wellington. Dia quente p/ caramba,
o pequeno anticristo se refestelou com o jato d ar frio.
— porra, manêro! vô testar o ar quente no gato da
vizinha.
— irado, o bixo ficô despeladão!
O menino monstro passou o dia todo fazendo
d Maycon Wellington sua arma d destruição
sem graça. Eis q estava na hora d sua mãe perua
oxigenada chegar, o q significava banho tomado e
falsidade comportamental. O bastardinho encheu a
banheira, mergulhou barquinhos, passou xampu, lavou as
orelhas, todos os buraquinhos do corpo. Foi então q teve
a ideia d girino-infantil e pegou Wellington p/ esquentar
a água já esfriada... TZZTZz!
A mãe perua oxigenada, ao se deparar c/
aquela cena macabra, desesperou-se.
"NÃÃÃO, meu pobre secador!!"
Nunca mais oxigenou-se.

Delirium Tremens

O Mistério da Saúde adverte:
Quer fumar? Fume, foda-se.
Quer beber? Beba, foda-se.
Quer cheirar? Cheire, foda-se.
Quer injetar? Injete, foda-se.
Quer crackear? Crackeie, foda-se.
Incluir q droga engorda,
o efeito é perfeito.
Eu lá sou mulher d ficar patrulhando
quem quer se foder sabendo q está se
fodendo?
Oh ñ! a polícia na minha porta.
"Não, seu guarda, engano seu, sou uma
pobre velha sofrida, fragilizada pela
vida. Nem sei o q é tuítres."

A leste do Éden

A árvore da felicidade vivia sorridente no jardim do Éden quando notou uma serpente se enrolando em seu galho como quem não quer nada.
"Bom dia dona serpente, pq está aqui em vez d na árvore da sabedoria?"
O réptil visivelmente cansado.
"Não aguento mais ficar de tocaia na macieira, é um saco."
Uma semana se passou e, como a serpente não aparecia, Deus foi procurá-la.
Ao encontrar a peçonhenta dormindo no galho da árvore da felicidade, Deus dá um esporro de tremer bordel.
"Vaca! Pq vc não está na macieira p/ seduzir Eva, como lhe mandei?"
A víbora prontamente:
"Não é justo, tu fica aí no papel de bacana e eu de demônio? tô fora, chama outro bicho".
Deus então ordena q o elefante cumpra a função, mas c/ o peso, a macieira plóft. As escrituras confundiram a tromba do paquiderme c/ o corpo da serpente.
E Deus viu q isso era bom.

Anjinho

Todos amavam Terezinha de Jesus. Cachinhos dourados até a cintura, olhinhos azuis, bochechinhas rosadas, lábios d morango. Todo domingo levava ao pé da letra flores p/ Sta Agá. Certo dia, durante o recreio do jardim d infância, um raio atingiu-a em cheio. Terezinha de Jesus morreu carbonizada. Churrasquinho inocente c/ cheiro d incenso.

Decadenta

Era uma vez uma cantora decadente q se apresentava numa churrascaria
d quinta na beira da estradinha. Certa noite, voltando à kitinete
q dividia c/ 5 colegas prostitutas aposentadas, um homem bem vestido se aproximou
"Quero contratar vc p/ cantar na festa das bodas d ouro d um casal VIP.
Claro q vai receber um bom cachê, o q me diz?"
A cantora decadente, q nada tinha a perder, aceitou o convite, disfarçando
o deslumbramento consigo mesma. Dia seguinte um carrão chique foi buscá-la.
Depois d longa viagem, chegou na frente d um palacete e boquiabertou-se.
A mansão d Don Malufone, candidato fugitivo da lei italiana, procurado em mais
d 9 entre 7 países. A decadenta foi encaminhada p/ as dependências da senzala.
Sem vestido apropriado p/ se apresentar, e destemida q era, partiu p/ a exploração. Entrou num
enorme quarto onde havia um enorme guarda-roupa c/ uma enorme quantidade d vestidos. Um
deles caiu-lhe feito luva. Nesse momento a porta se abre e lá está Don Malufone c/ seu sorriso
bobotox e sotaque esfihalês-macarrônico. Empurra-a na cama e a faz mulher. Repugnada, a cantora
deixou-se ser mulher. Don Malufone tava pra lá d marrakesh, onde tb era procurado. Acabada a
putaria, fugiu p/ a rua vestida d perua. Mas suas origens humildes não enganaram a polícia. Presa.
Don Malufone, intimado a depor, negou tudo. A tal detenta seria uma
desconhecida sua das ilhas Caymãs, onde tb era procurado.
Na prisão ela conhece Clara, q dava risada na sua cara.
"Kenga pobre, vc! Eu tb trabalhei na casa de gente rica, mas pelo menos roubei
as jóias d Hebe Camargo, destruí a vida de um senador e ainda tracei Martináglia".

Bar

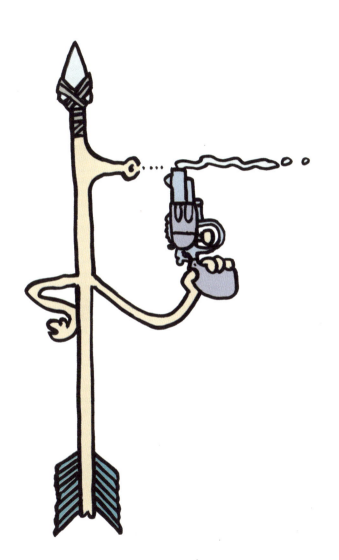

Era uma vez tudo en passant. O planeta, blasé demais, nem presta atenção naquela estranha e bela mulher se aproximando do restaurante lotado. Angelia Jolie senta-se no balcão e pede um drymartini. A noite era uma criança deslumbrada.
Nesse momento entra John Wayne c/ seu andarzinho aboiolado, senta-se ao lado d Mrs. Pitt e pede um copo d leite d soja diet. A belilíssima saca um Colt prateado, encosta na têmpora d John Wayne e POW!
"Isto é por vc ter matado tantos índios no cinema!"

Decadenta 2

Finalmente os Malufones contrataram um porta d cadeia
p/ tirar a cantora decadente do xilindró, desde q sumisse
do mapa, caso contrário o goleiro Bruno soltaria seus
cachorros. Como sempre, não tinha nada a perder e com
o rabo entre as pernas, aceitou.
"Pra onde eu vou agora, não tenho dinheiro,
não conheço ninguém, o q faço p/ sobreviver?"
Saiu andando sem rumo certo até q chegou diante da
construção mais imponente q já havia visto.
A boutique DasLoo.
Alguém a segura pelo braço.
"Por favor, não me faça maaallll!"
O belo rapaz d quem tentava se desvencilhar
era o dono da megaloja.
"Vc tem uma voz linda, que tal cantar
num desfile nosso?"
E assim foi q a cantora decadente se transformou da
noite p/ o dia na crooner fashion DasLee.

La nave va

A proa e a popa ñ se davam bem. A proa se achava.
"O horizonte do capitão sou eu, o resto do navio é o resto."
A popa ouvia a arrogância da colega enquanto seguia atenta na retaguarda
sustentando a poderosa hélice q empurrava o transatlântico.
A noite enevoou-se, ninguém viu o iceberg, o casco bateu
d frente sem dar tempo ao capitão d evitar o desastre.
As engrenagens denunciaram em uníssono:
"A culpa foi da proa q dormiu em serviço e ñ avisou a hélice p/ diminuir a velocidade!".
O navio embicou e foi a pique.
Sim, a proa é sempre a primeira a avistar terras novas. E a se afogar. Os navios estão a salvo no porto,
mas ñ foram feitos p/ isso.

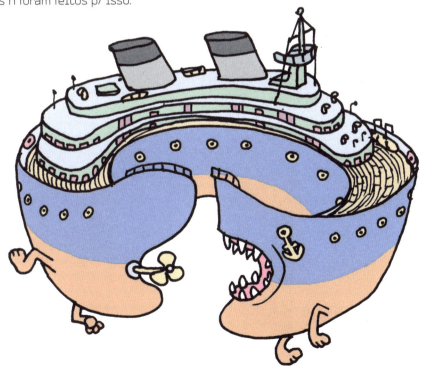

Sing-in

A cantante decadente ressurgiu dos mortos e foi nomeada ao Granny,
prêmio d melhor vó-chicana. A DasLoo confeccionou o vestido
através d um médium q recebia Coco Chanel, 3 meses
p/ ficar pronto, tamanha riqueza em ouro e pedras preciosas.
Nunca antes no mundo uma decadanta vestiria algo tão espetacular.
Celebridades d vários países desfilavam no tapete vermelho.
Eis q d uma limosine dupla salta a polêmica
Lady Cafa fantasiada d Lady Godiva. Flashes, gritos, microfones.
Paraíso do ego. Eclipsando a gringa um táxi chega c/ o novo rosto
das paradas d sucesso passageiro brazuquês: DasLee.
"P/ ver mulher pelada temos o Carnaval! Eu ganho no quesito luxo!"
Roubou a cena por 15 min. Prêmio q é bom, nada.
Mas o vestido foi sucessa, a mídia era mais sua q da gringa nua.
Na saída da cerimônia, a brazuqueza, sem mais,
sacou um trezoitão do decote e POW!
"Isto é p/ vc aprender q quem nasce pra
Lady Cafa nunca chega a Mandona."

Sing-out

A CNN exibia ao vivo o assassinato d Lady Cafa.
A ex-cantora decadente e atual cantante ascendiente é
presa em flagrante.
Manchetes do planeta destacavam o crime
e exibiam fotos impressionantes d Lady Cafa despedaçada
e sua assassina ao lado sorrindo c/ um facão
ensanguentado. Nos bastidores comentava-se q d Don
Malufone lhe descolara um habeas corpus.
O q ninguém sabe é q DasLee está fugindo
d volta ao Brasil c/ uma surpresa na bagagem.
Chega o dia do aguardado desfile da DasLoo.
Entra ela na passarela envergando um corset c/ pedaços
do corpo ensanguentado d Lady Cafa. Autoridades
internacionais imediatamente
foram avisadas e partiram em sua captura.
Agora a ex-cantora decadente, ex-cantante ascendiente e
atual supermodel é fugitiva da lei.

Metanóia

Fechou os olhos e se deixou transportar no abstrato das cores q formavam figuras geométricas.
A matemática sagrada da música das esferas. Sonhos reveladores sobre fórmulas mágicas.
Apenas observava o pequeno todo dentro do grande nada.
E viu q isso era bom.

Caramuru

Era uma vez uma índia chamada Miçanga. Sua beleza se rivalizava c/ a da lua cheia.

Orgulho do pai, o cacique Gererê.

Um belo dia d sol estava ela se banhando nua no rio Cunamã qdo do meio da selva aparece um caçador d talentos. Aprisionou-a numa rede, e já estava quase dentro do barco q o esperava perto da costa, qdo eis q os guerreiros do poderoso Gererê o cercaram e o levaram pendurado pelas mãos e pés como todo cara pálida.

Amarraram-no a um poste e observaram curiosos. O grande Gererê disse:

"Para onde levava minha filha Miçanga?".

Apavorado, o caçador respondeu q gostaria d se casar com ela.

"Ótimo, vamos realizar a cerimônia agora mesmo!"

Despiram-no, pintaram seu corpo e lhe encheram a cara d pinga d mandioca.

2 índios fortes o mergulharam num imenso caldeirão fervente no centro da aldeia diante d toda a tribo. "mas eu disse q queria me casar c/ sua filha!"

Os índios caíram na gargalhada, e o cacique explicou:

"Casar p/ nós significa comer, e vc é o banquete q a família da noiva oferece aos convidados".

Bob Sperma

Um espermatozóide arrogante e determinado q malhava sem parar
se preparando p/ a grande maratona. Seu # d inscrição na corrida era 76490001,
um dos primeiros, pois havia zilhões deles.
"Com o meu preparo físico, vai ser moleza atropelar quem estiver na frente,
bando d bundões!"
A largada foi dada. Encontrões, desastres, falta d fôlego, desistências, até brigas.
O número d competidores diminuía a cada zilímetro percorrido.
Nosso campeãotozóide estava bem na dianteira qdo sentiu
uma câimbra forte na cauda e ploft!
Ao saber q o # 76490002 foi o vencedor, atira-se no bidê.
"Eu, um spermatleta c/ pedigree, perder p/ aquele tozoidezinho vagabundo.
Falta d sacanagem."

La cantante

1- La cantante reclama mto. Desde o roubo das 9 malas Louis Vuiton ela reclama. Comprar outras 9 é a solução. A artista entra

2- na loja da marca. Ninguém a reconhece "aguarde sua vez senhora". Humilhação. Espera e nada. Foi então q entrou

3- Chiquinho Scarpa. Tapete vermelho e champagne. Revoltante. Fazendo-se íntima puxa conversa c/ o conde. Ele não a reconhece. Sai da loja puta.

4- Num tem tu vai tu mesmo. Corre p/ a 25 d março e compra 9 malas Vuiton fakes da griffe made in Paraguay.
"Falsifikêixon, sou artista povão, vuitêixon ki sifodêixon."

Bi & Bo

1- Bipolar está calmo, chapado d Litarrina. Olha as sacolas d compras: "amanhã devolvo tudo". Psico às 9:00. Diz q vai, mas ñ vai.

2- Chama o amigo Leo p/ uma pizza micro-ôndica. Leo é um Borderline. "cadê o trezoitão, q eu vou matar o puto do seu porteiro."

3- Bipolar ñ dá e LeoMau vai embora. 5 min depois volta d LeoBom. Jogam Mario Bros. Bipolar,
q tb é TDH, não se concentra e ozmão perdem.

4- O efeito da Litarrina passa, Bipolar quer sair. LeoBom não deixa. Clima tenso. Se sair torra
a grana q não tem. O amigo se irrita e

5- vira LeoMau. Pega o revólver, mata Bipolar, rouba as sacolas e vomita a pizza. Leo é Bulímico Clepto Sociopata Dupla Persona.

On the table

1- Quem o lê entra em transe. O livro tem poder. Hipnotiza
o leitor, transforma bons em maus, sisudos em loucos,
virgens em

2- putas, criminosos se matam, machões
viram gays, pedófilos se castram.
Livro poderoso. Mora na estante
d uma pensão simples mas limpinha.

3- A nova hóspede é uma jovem sorumbática.
À noite a neve exagera no frio.
Sem lenha, a dona da pensão queima jornais, revistas
e livros.

4- Mas a jovem o salva do fogo.
Leu-apaixonou-roubou-fugiu.
A hipnotizadora é ela "quero q vc seja
um livro d sacanagem. Plin!".

DDay

1- Revoltado, o Dia pega suas 24 horas e vai se queixar a Deus: "Senhor, os terráqueos me odeiam de segunda a domingo. Q culpa

2- tenho eu se só faço vossa vontade?". O Criador sorri: "tem razão, caro Dia, eles xingam até a mim. Siga o novo script e deixa q eu resolvo".

3- Dito isso, Deus manda trevas cobrirem a Terra por 7 dias. E começam as súplicas: "queremos nosso bom Dia de volta. Volta! Volta! Volta!".

4- Deus fala ao povo "ué, vcs gritaram 'ô diazinho bunda' e eu acabei c/ ele". Juraram nunca mais chamá-lo d bunda. O Dia voltou e ouviu "ô diazinho cuzão".

Mulher-sofá

Alegre e jovial, a mulher-sofá vai
às compras. À venda na vitrine da
loja d móveis do bairro um forro d
gabardine bordado c/ passamanarias
douradas e laços d veludo.
Ficou louca d desejo.
"Juvenal vai morrer d tesão ao me ver
estofada naquele tecido!"
Entra na loja. Tem, mas acabou.
Desesperada, se atira na frente
d um caminhão em alta velocidade,
cujo motorista era justamente o
namorado Juvenal. Por um segundo,
no banco do passageiro do caminhão
atropelador, a mulher-sofá vê uma
sofá-kenga estofada c/ o tão sonhado
forro d gabardine bordado c/
passamanarias douradas e laços d
veludo.

A Cantora

1- Ela odeia fazer tv. Vem à cabeça a trágica cena da perua
no aeroporto dizendo "pensei q tinha morrido, nunca
mais te vi na tv "

2- Sucesso catastrófico. Não sendo o canal do trispo Pedir
Mais Cedo, tudo bem.
Chega bicuda na tv. Meia volta, volver.
Too late baby

3- Esta É a Sua Vida!
Desfile d falsinhos falando dela como se morta de corpo
presente ao vivo.
La cantante sai no meio. Escândalo.

4- Agora sim, banida de vez. Persona non gratíssima.
No aeroporto reencontra a mesma perua "finalmente te vi
na tv, vc está viva".

Bad tripa

Todo santo dia Quincas, o menino tripa, vai ao hospital recolocar as entranhas onde deveriam estar. Costuram-no d cima a baixo, taxidermia ao inverso. Chega a noite e lá está Quincas virando-se do avesso novamente. Cena a grotesca. Eis q um médium egípcio desvenda o mistério. "na vida anterior Quincas foi um belo faraó q teve suas vísceras extirpadas ao ser embalsamado. Ñ estava morto, mas preso em catatonia. Agora renasce c/ os bofes internos do lado d fora. A beleza vem d dentro". Dá-lhe King Kas!

Mentira

Hj não vai rolar pq estou cansadinha. Mentira, é o bocejo q me sobe à cabeça. Mentira, tô sem inspiração mesmo. Mentira, nem sou eu que escreve, é um ghost-twriter. Mentira, sou fútil, mas nem tanto. Mentira, sou funcionária pública da MPB.
Era uma vez EU q vivia mentindo. Certo dia gritei por socorro e ninguém acreditou. Morri num incêndio, tostadinha ao molho
d barbecue. Mintchura.

Churrasquinho

Tudo pronto. Os diferenciados começam a chegar e com eles os maus modos q a vizinhança chic tanto odiava. Falam alto, dançam funk do metrô, assam frangos, rola roda d pagode. Os vizinhos chamam a polícia, q chama o prefeito, q chama o governador, q ñ chama a imprensa. Vai até a laje e hipnotiza-se qdo uma moreninha safadinha se chega oferecida.
"o sr. quer conhecer o buraco
do meu metrô?"

Miau

No cemitério da Recoleta em Buenos Aires centenas d gatos perambulam por entre os túmulos, calmos e bizarros. Qdo há um enterro os felinos se ouriçam ao redor.
Mas a família d Celina Angel não gostou daquilo. Pagou ao coveiro para abrir covas e enterrar os gatos vivos. Dia seguinte o caixão da nova defunta amanheceu mijado e merdado. Gato ñ perdoa nem esquece. E tem 7 vidas p/ morrer.

Rebelada

Rapunzel ouve o príncipe pedindo
q jogue as tranças. Ela andava meio puta,
estava quase careca
"esse trepa-trepa c/ meu cabelo já deu no saco"
Joga-lhe uma carta desaforada. Ele vai embora e Rapunzel
corre ligar a tv no Shopping Channel. Compra um aparelho
p/ abdominais daquele médico d Hollywood e se torna
Miss CortiCorda. Descola uma peruca
preta com uma trança postiça d gosto duvidoso.
Ñ satisfeita c/ o resultado, Rapunzel passa máquina zero
e muda o nome. Under Sun Silva.

Bem

La cantante não estava bem.
A banda não estava bem.
O público não estava bem.
Saiu do teatro e tomou um porre. O vinho não caiu bem.
Vomitou na frente d todos e começou a cantar pelos cotovelos.
O repertório era ruim. O garçom não passou bem.
O bar fechou. Nada q já não estivesse bem ficou bom.
A cantora pulou da ponte. Tudo bem, tem dias q nada está bem.

La muerte

Vaiada pelo público porteño, la cantante brasileña viu sua carreira ruir. Feito drama mexicano, desmaiou no palco e o público vaiou ainda mais. Canastrona, faz voto d silêncio. Volta ao hotel e afoga-se na banheira amaldiçoada.
O cortejo fúnebre seguia p/ a Recoleta sob uma garoa importada d SP. La cantante, toda d branco no caixão, a rainha das geleiras patagônicas. Os fãs em silêncio levantavam capas d seus discos caindo aos pedaços. De repente um trovão ribombou e a tampa do caixão se abre. Ela volta à vida e sem olheiras. Maquiador bom.
A figurinista sugeriu um tailleur Jackie O. A morte se enganou. La cantante brasileña volta ao palco porteño e é aplaudida de pé. Vestida d morta-viva ela canta arrastando Corrientes.

Besta

Casalzinho reclamão.
Se alguém reclamava no tuitz,
eles reclamavam da reclamação,
algo besta assim.
Certa vez uma tuiteira reclamou
q não gostava da lua nova,
só da cheia, reclamaçãozinha sem
importância, algo besta assim.
O casalzinho reclamão caiu d pau
reclamando da reclamaçãozinha
sem importância, dizendo q a lua
nova merecia respeito,
algo besta assim.
Vários tuiteiros reclamaram
q o casalzinho reclamão
reclamou d uma reclamaçãozinha
q não merecia uma reclamaçãozona,
algo besta assim.
O casalzinho reclamão reclamou q
todos estavam reclamando deles pq
eles reclamavam mesmo,
e q as reclamações continuariam,
algo besta assim.
Não sei como terminou a história,
mas pergunto pq no meu tempo um
comercial se chamava reclame.
Coisa besta.

Bom ladrão

Era uma vez um bandido bonzinho.
Trabalhava d voluntário na paróquia da comunidade
roubando dinheiro do tráfico para dar às famílias
carentes. Ajudava crianças a ler e escrever, promovia
bailes funks da terceira idade.
Certa noite houve um tiroteio na favela
e nosso bandido foi ferido d morte.
Chegando no céu, são Pedro lhe perguntou:
"vc era um homem q só fazia o bem e foi morrer
ao lado do chefe da quadrilha, explique-se".
"Senhor, o cara tomou um tiro e estava sofrendo,
fui acudi-lo e acabei levando chumbo tb!"
São Pedro não teve o q dizer.
Pecou foi por compaixão. Céu nele.

Não sei

Era uma vez não sei quando, alguém morava
não sei onde e gostava d não sei quem q ficou não sei
o q e gastou não sei quanto p/ viver não sei como.

Mapa

Ela aquariana, ele geminiano. Viviam bem até q um dia apareceu um leonino.
O casal brigou e se separou. A aquariana e o leonino, signos opostos,
viveram felizes para sempre até q apareceu um escorpiano e transou c/ os dois.

Cabeça

1- O malcheiroso cardeal d Veneza é chefe da Inquisição. Manda p/ fogueira e "herda" o pecúlio. Por míseras moedas, a escória

2- denuncia pagãos, bruxas, ateus, judeus, turcos e cátaros, estes os mais odiados. O cardeal amanhece boiando no rio, sem cabeça e capado

3- "pecado foi não ter sido morto antes". Festa na aldeia. Celebração da Virgem Negra. Mas onde está a cabeça? "Eu sei" diz a cigana às gargalhadas

4- "está comigo! as orelhas dei ao porco, o nariz à raposa, a boca à hiena, os olhos ao corvo. A caveira dei a mim. E o sexo eu comi".

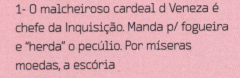

JoJo

1- Agora sou cúmplice. Ouço vozes…um nome…
um endereço: Nome: JoJo, rua tal. Missão:
matá-la. Aceito o desafio,

2- eu e meu trezoitão. JoJo abre a porta e sorri.
"Entre. Sente-se, Lita Ree. Feche os olhos. Vc vai retornar
a quem te enviou e atirar p/ matar."

3- Não sei se matei, não lembro de nada. Pq estou presa?
Deliro d febre, tô um lixo. Bilhete p/ a detenta.
"Querida Ree, vc sai hoje. Venha me ver.

4- Tenho novidade. JJ." Isso é tudo o q sei. JoJo é o cara.
Meu Crime e Castigo. Minha Musa Vilã. Sonhe comigo. Bon
soir, Madame Satã.

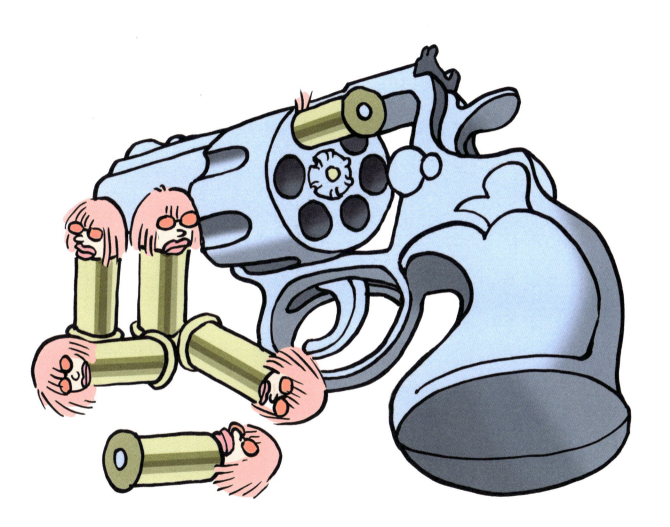

Carne fresca

1- "Hambúrguer de Criança" Teve a pachorra d dar esse nome à lanchonete. Só ele faz hamburguezinhos p/ guris, mérito seu.

2- Eis q anda em falta o principal: a carninha tenra infantil. Pede ajuda à Lia "de dia fico eu na lanchonete, vc à noite, quero ser babá, juro q levo

3- jeito na coisa". Lia indica a creche onde deixa o filho. Lábia infalível, ele consegue o trabalho. Uma criança desapareceu. Lanchonete sucessa.

4- Lia está aflita "nunca te contei q o meu menino era seu filho, foi ele q sumiu". "Carne da minha carne? Eu me comi? Eu sou uma delícia!"

Tudo igual

1- Anche tu Brutus? disse ele qdo O bruto
cortou-lhe a orelha. Sergio não entende ironias, atira no
cara e fim d papo. Traíra.

2- Nunca divide, mata e soma. Próxima vítima,
o sogro. Madrugada, Sergio invade. Lá está o cofre, tem a
senha. Dólares e jóias! O cão late

3- alarme, luzes.
Um desconhecido aparece, está desarmado.
Sergio ri "tu é cozinheiro ou faxineiro?".
O outro não responde. "dividimos o roubo

4- se fechar o bico." Uau, um policial,
Sergio está cercado. Já no camburão o traíra ouve: "vc já
divide comigo algo q não sabe: tua mulher!".

Possuído

1- Há 3 dias não come, não dorme, não fala.
É quebranto, diziam. Tem 900 mil anos e
hospeda-se no corpo do menino Mateo.
Um Atlante.

2- A forma humana não o capacita a voar.
Adaptar é preciso. Dormiu e acordou
disposto a colaborar c/ os humanóides.
Sopa caseira da mamãe.

3- Come pelo nariz, mija no prato e bebe.
Não se adequou aos usos e costumes e volta ao estado
vegetativo. Não come, não dorme, não fala.
O Atlante odiou

4- a experiência humana, só gostou do rango. Adeus Plin!
"lar doce lar, como é bom voar."
Mateo contou q o ET ficou d voltar p/
pegar a receita da sopa.

Bastardinho

1- "mãe, quer algo do mercado?" Falava só d pirraça p/ a mãe na UTI. "De hj vc não passa, vou desligar esses malditos fios."
O filho bastardo nunca a

2- perdoou ter sido deserdado pelo Ex da mãe "vc vai pro caixão e eu ganho pensão". Despluga. Adeus vagabunda. Filho vai visitar ex-padrasto e crocodilar

3- lágrimas. O Ex promete mesada se enteado vier morar c/ ele. Sádico, psicopata, velho do mal. Bastardo morre a pauladas "pode vir querida, seu filho já

4- elvis". Mãe e Ex encenaram seus papéis c/ primor. Pela atuação, herdaram dois belos seguros d vida. Leaving Theater.

Grave story

1- Um padre solitário c/ a bizarra missão d desenterrar cadáveres p/ ouvir confissões do além túmulo. Necropsicólogo.

2- Um dia vem a tona uma bela defunta "padre, morri virgem, salve-me". Apaixonado, leva o corpo p/ sua igreja respeitando a honra da moça.

3- "Sexo só depois d casar". Um frei surdo-cego-mudo celebra a união. Lua d mel tensa. Ñ há flexibilidade na noiva, está embalsamadíssima.

4- Amor é alimento. O padre corta sua virgem esposa em pedaços e convida a paróquia p/ churrasqueá-la numa cerimônia surucanibalista. The End

DaPutaDo

1- Desfila sua feiura se achando um Delon. Lá vai ele puxar saco dos colegas à caça d votos. Se aprovada a lei, ele será

2- o rei do bairro. Na Câmara a mesma letargia, a mesma desatenção, a mesma ausência. Votação Bocejo. Ganha a Lei da Matança Animal.

3- Filho DaPutaDo é o novo mais odiado do país. Praticante do Satanismo, haja sangue p/ beber. No meio do ritual, atraídas pelo

4- cheiro, surgem onças da região. Não tem tu, vai tu mesmo. Foi linda a chacina dos satânicos. DaPutaDo vira bafo d onça. Lei é lei.

Gourmet

1- "Gostei d vc, vou comê-lo por último" diz Dahmer ao rapaz enquanto degusta dedos fritos c/ catchup. Estuda a vítima.

2- Não pisca, olhos d coruja, atento a qq movimento.
Prende-o na gaiola e vai dormir.
De manhã, cadê o rapaz? Dahmer se desespera, a polícia não tardará.

3- Barulho d chave. Entra o rapaz c/ uma sacola. Põe a mesa
"vamos comer?"
Dahmer não sabe o q é um breakfast normal.
Da sacola vai saindo

4- mão, pé, nariz
"trouxe sua saudosa mãe p/ uma visita".
O rapaz molha a orelha no catchup e come sem piscar. Dahmer está apaixonado.

Natalinando

Na ceia da família dos perus, o centro da mesa está enfeitado c/ esmero. O prato principal é um bebê humano gordinho c/ uma maçã na boca, batatas doré e farofa. O caçula da família dos perus desatou a chorar qdo viu o amiguinho virar banquete d Natal. Bebê e peruzinho brincavam juntos no quintal.
Ô dó.

Are you?

1- Poucos sabiam q era um gênio,
Londres não o conhecia.
Estava num pub qdo eis q surge Clapton.
Um fã em comum os apresenta.

2- Ignorado, o gênio vai embora. Seu nome cai no boca a boca, lotações esgotadas,
sucesso absoluto. Público boquiaberto, Londres se rende.

3- Are you experienced? cantava ele. Clapton na plateia está d joelhos. "esse Guitar Merlin
é o cara do pub, não sabia q era Jimi Hendrix."

4- Viveu raio, morreu trovão. Vc viu aquele disco voador? o céu está psicodelicamente roxo. Neblina
Londrina. Purpurina. Purple Haze.

In Rio

1- Desembarca na Cité Marveilheuse sem suas 9 Vuiton fakes. Ninguém da produção.
Táxi. Cidade do Rock. La cantante

2- é barrada no baile. Não a reconhecem.
"sra. sem crachá não entra." Ela jurou q ia cantar.
"meu cachorro tb canta. Dá o fora." Por milagre encontra o

3- backstage. Não lê e entra. Camarim Metallica. Confundida c/ a camareira, atiram-lhe latas
 "get us beer, old fart!"
Ao sair dá d cara c/ Medina

4- "aha! falou mal e quer cantar?"
La cantante peita
"em 85 roubaram minha
Telecaster e vc nem tchuns. Vim cobrar o prejú. Com juros".

In Rio 2

1- La cantante foi saída do backstage c/ requintes deselegantes. Jura escândalo. Procura a produção da Globo. Não a reconhecem.

2- Faz arrastão, bate carteira, bate celular, bate trouxinha d canabis. La cantante vai presa por causa da présa. No camburão está Martinália.

3- Se reconhecem. Malandra como ninguém,
Marti passa lábia
"seu cana, a amiga aqui
tá nas urgência… xiii, danou-se, mijou-se!".
Foram soltas.

4- Cada uma por si. La cantante volta
ao backstage. Os Mamutes estão
no palco, ela pega o pandeiro e entra.
O público não a reconhece.

Igreja

1- Mata por esporte, mata por matar. Deus o doador d vidas, ele o ladrão delas.
Casado, dois filhos, advogado, vive bem.

2- Ataca aos domingos, a esposa crente q joga squash. Ao lado da igreja, mora a próxima
vítima "é linda, pena q já já vai pro céu". Timing perfeito. Fim da

3- estradinha, descem do carro. Uma rasteira o derruba, é algemado.
Moça bonita é fodona. Deixa-o nu, trabalha c/ as mãos até ficar no ponto.

4- Trepa à exaustão e o esfaqueia à exaustão. Ladrão d vidas dominado, estuprado, fatiado.
O pecado mora ao lado. Da igreja.

Espelho meu

1- Frente ao espelho se xinga, se barbariza, se ameaça, se estapeia. O espelho é a prova do qto é feia. Longe dele se

2- imagina uma Bünchen. Mas o corpo é escultural, d costas mó gostosa, d frente aaahhh horrorosa. "espelho, espelho meu, eu odeio vc."

3- Atira uma pedra e o estilhaça em mil caquinhos. Pega um e corta os pulsos. Festival d sangue, ela cai. Na cabeça passa um filme.

4- Está frente a um espelho, seu rosto Bünchen lhe sorri e diz
"veja como é ser bela".
Viveu sabendo-se feia, morreu achando-se linda.

Qual?

1- O velho e seus 2 filhos, um Bom outro Mau. A quem deixar a herança?
Havia q testar ambos. Chamou-os:
"fulano roubou meu cavalo,

2- quem o trouxer d volta será meu herdeiro". Filho-Bom vai lá "qto quer pelo cavalo?".
Fulano não vende. Tenta d novo
"O cavalo + 1 vaca". Não quer.

3- "a vaca + 2 ovelhas." Não. "a vaca, 2 ovelhas e uma casa." Sim.
O velho perde tudo, menos o cavalo. Filho-Mau vai lá "quero tudo de volta ou

4- te mato agora".
"leva q é seu".
Filho-Bom perdeu tudo, foi maus.
Filho-Mau ganhou tudo, foi bom. Bom mesmo é ser mau.

Miraculo

1- Benze c/ arruda, água benta e ave maria.
O cego a toca e grita "eu vejo! eu vejo!".
Histeria coletiva "é santa! é santa!"

2- Quase meia-noite, batidas na porta
"por Deus, me atenda".
Abriu sabendo quem era: o diabo
"Mas q bela milagreira me saíste!" diz o demo.

3- "perdestes teus poderes, papai? diz a santa.
Hell Daddy gargalha
"estavas c/ saudade d mim, confessa".
Pai e filha se agulham. Ele ameaça "por sua causa

4- sou alvo d piadas, quero q limpes meu nome".
"Tb fostes milagreiro, mas o dinheiro te seduziu.
Agora, meu pai, vai ser esse pobre diabo q te pariu."

Os The Fab4

1- Ringo dorme, Paul toca, John escreve, George medita. Em 5 min o mundo os conhecerá.
The Ed Sullivan Show, campeoníssimo

2- em audiência. Fab4 tensos se entreolham e Plin! fogem do estúdio.
Dão uma banana geral e back to England.
O lance deles é tocar em pubs

3- imundos p/ platéias toscas d jovens bêbados e briguentos. Fab4 tb são lost boys.
Ao acaso ligam a tv, lá está Sullivan.
"c/ vcs a sensação do

4- momento: The American Beatles!"
Garotas desmaiam, berram, se rasgam. Fab4 suspiram aliviados. "de que fria nos livramos, hein?"

Nem morto

1- Defendemos nosso país. Do quê? Não importa, daremos nossas vidas.
Por quê? Pq é o q esperam dos heróis da pátria. Não quero matar,

2- nem morrer, esta guerra não é minha. Mas é a sua obrigação.
Obrigação pq fui obrigado, obrigado não! Desertar é vergonhoso, a família cai em

3- desgraça. A minha nem queria q eu viesse. Cadê seu patriotismo?
Dentro do coração, sem arma na mão. Chega d papo, o major pediu reforço.

4- Bora matar os bastardos. Pelo rádio chega uma ordem: Abortar!
Nosso herói gauche ñ viu inimigo algum, mas o fogo amigo o viu e Pow. Taquipariu

Trupe tropi

1- A ordem é apreender e queimar. Polícia à paisana se infiltra, a rapêize do bêizi saca. Tensão no ar. Um tiro. Um corpo q cai.

2- Revolta. Gás lacrimogênio, balas d borracha, cassetetes e pancadaria "roqueiros, entreguem suas malditas guitarras" A rapêize se cala.

3- Reaças fazem passeata antiguitarra "a MPB não se curvará ao imperialismo americano" gritam eles. Intelectuais da santa ignorância.

4- Hoje seus filhos e netos são roqueiros. O Tropicalismo resgatou a MPB da visão tacanha dos puristas. Sambeletrônico. Rockarnaval.

Sangre

1- "A mim foi dado o brilho da loucura, não posso perdê-lo."
Fabrica sangue humano. Improvável, mas não impossível. Só ele tem

2- a fórmula da vida. O cara é do bem, gente boa, sangue bom.
Seu cachorro doente é a cobaia perfeita. Lulu foi curado, aleluia!

3- A vez da cobaia humana. Vê o mendigo em deplorável estado físico e o leva p/ casa.
Hemodiálise zerobala. Mendigo põe-se em pé.
"cadê minha

4- recompensa?" O cientista tenta explicar q ñ tem tostão furado e morre a sangue frio.
Era uma vez a fórmula do sangue q coagulou-se no tempo.

Foxy Lady

1- Lá está ela, mesmo lugar, vendo tudo sem olhar.
Diariamente uma legião de gente.
Chego mto cedo, ela antes d mim.

2- Estrangeira? talvez, sei q anota frases, palavra ou
outra, tudo em português. Sim, já vi d perto,
não sei explicar… é o olhar… acredite-me…

3- os olhos dela são olhos d gato, até usa óculos gatinho.
Tem horas q parece uma atriz incógnita, aqui está
segura. Sou apenas faxineiro desta

4- biblioteca, no entanto ela me deu um livro,
dedicatória e tudo, quer ver? "odeio barata, C. Lispector."
No livro dona Clarice come uma.

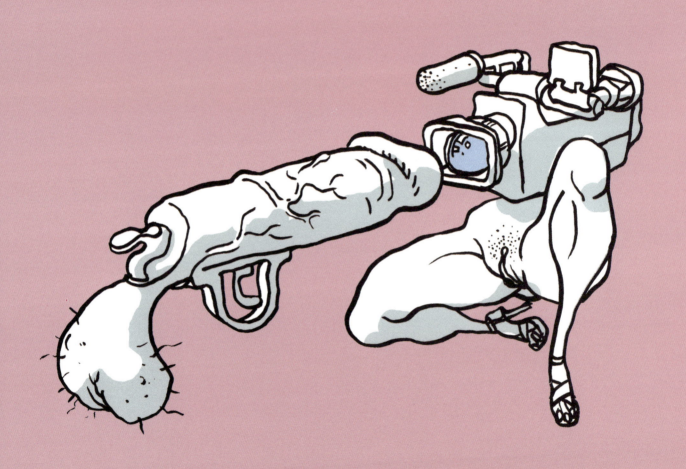

Vaca

1- "Pare d me despir c/ os olhos, use os dentes" provoca a
bitch do escritório. Patrão não segura
o pau e mostra a cobra. Trepadas

2- nada burocráticas. Chega em casa amassada, plissada,
godê. A vaca gravou tudo, ele tá frito. Altas chantagens,
altas granas. Patrão diz

3- q não paga e paga p/ ver. "se não pagar, jogo vc no
youtube." Patrão ri "é um favor q me faz, sou ator pornô
nas hrs vagas, vou bombar". A puta fica

4- puta. Ele pensa "vou ter q matá-la, se meu namorado
sabe disso, tô frito". Frita foi ela q morreu d morte não
morrida. A vaca foi pro brejo.

Trairagem

1- Atazanam a vida d Kelly. Cada qual numa orelha, na disputa por um Sim ou Não.
Anjinho e Diabinho. Dois malas.

2- Kelly, indecisa: "mato ou não mato a desgraçada?" (a irmã transou c/ seu namorado)
 "mata mata mata" diz um.
 "se matar, vai pro inferno" diz outro.

3- Resolveu enterrar a faca no coração da irmã.
"jogue o corpo no rio" diz diabito.
"chama a polícia e se entrega" diz anjito.

4- Kelly pira e se atira do 12º andar. Os dois caem na gargalhada.
"vc foi brilhante como promotor."
 "vc foi genial como o diabo do advogado."

S.O.S.

1- Ótimo hospital, médicos e enfermeiros. Um assassino entre eles. Mata o doente d "morte natural". Dra. Aurora encontra a

2- enfermeira-chefe feliz.
"A sra. fez milagre, pena q a paciente morreu."
Seu prazer em salvar perde p/ o prazer em matar. Chega um rapaz desenganado e

3- dra. Aurora se apaixona, salva mas não mata.
"Ontem eu o deixei tão bem, não era p/ ter morrido hj."
Desta vez ela é inocente.
Se não foi ela, quem foi?

4- Encontra a enfermeira-chefe feliz:
"vc viu quem entrou no quarto dele?"
"Depois q a sra. saiu eu entrei, fiz igual como a sra. doutora sempre faz: matei."
E agora dona, Aurora?

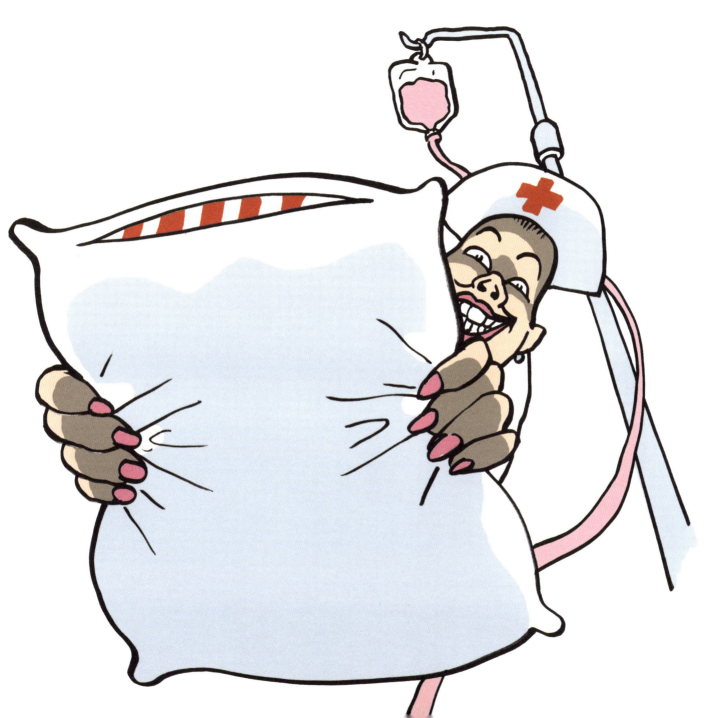

Nhac

1- "esquisita demais p/ viver,
rara demais p/ morrer."
"Leve-a ao Instituto Butantan" orientou o biólogo.
Engarrafamento, calor, impaciência.

2- O motoboy joga a criatura no Tietê, dane-se.
Reportagem. "Vc viu a lagarta humanóide?"
"Vi sim, rosto d gente, corpo d lesma, um feto.

3- Vendo-a d perto a pele é escamada,
tem 4 braços e 3 patas, pelos e penas na cabeça,
bico bem pequeno, caninos longos e pontudos.

4- Ficou 2 semanas grudada no tronco
da nossa mangueira." Cadê a lagarta humanóide?
Diz q come gente.
Diz q fala grego. Diz q diz q diz q

Sushindo

1- Nishimura é bonito, alto,
bem vestido, um gentleman.
Os brinquedos do rapaz é q são tipo
horror. Horror ao vivo. Seus

2- atores são: Kapa-Pau, Macro-ondas,
Ofurô e Matô, Kamikazinho, Koma. Pero
sin perder la tortura, né Nishimura?
A vítima d hoje é o famoso

3- cantor-pintor-samurai
Vando Gogh
"eu luta ómi ómi, né?"
Nishimura é maricon,
dá um tiro e samurai hai kai.
Vai lá cutucar. El samurai se

4- põe em pé e sorri c/ a bala entre
os dentes.
"urápidu, né?"
Extasiado, Nishimura vira Karate Kid
"gafanhoto é a mãe"
KungFuZon, né?

Coringa

1- Estádio lotado e ele não chega. O mascote desta vez
não vem, está preso. É anão, 38 anos, trabalha no circo,
o torcedor #1

2- do Timão. Seu apelido é "Tudo", de sortudo, da sorte q
dava qdo o Corínthians jogava. E ele não chegava. Algo
aconteceu. Sim, aconteceu que

3- na cadeia fizeram de tudo c/ "Tudo",
o anãotiano. Sangrou tanto q morreu. Corínthians sofre
no 0 x 0. Aos 45 do 2º Plin! ééé ééé é gol

4- Chute fraco do meio d campo, fodeu, impossível entrar…
entrou! Explode Coração.
"Tudo" foi no jogo sim, até marcou golaço no fim.

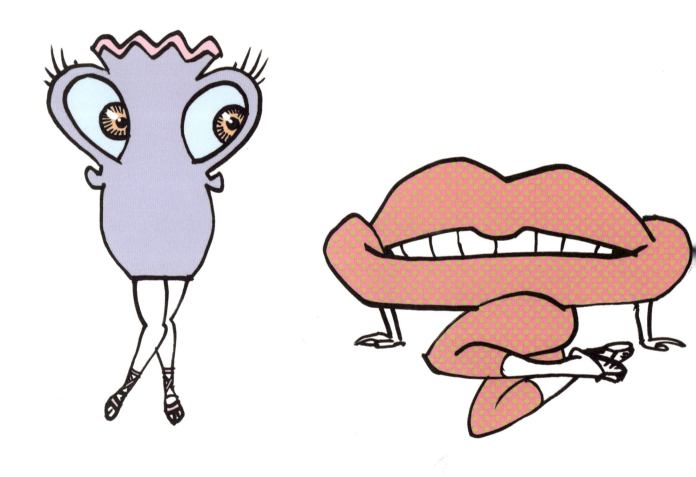

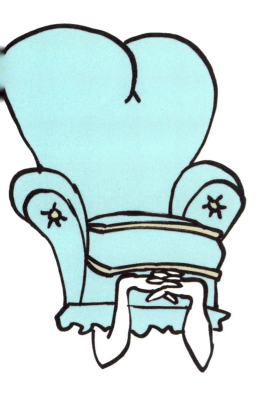

Vaso ruim

1- Lina, a mulher-vaso, tem alergia a flores,
daí murcharem tão rápido dentro dela.
"danem-se, as d plástico são mais verdadeiras"

2- A dona do vaso sabia q ñ era alergia nada,
aquilo era vaso ruim. Krash! Vase Lina se espatifa no chão,
não a queriam mais ali.

3- Despedaçada, ainda com vida, declarou-se vencida.
Lina, a mulher-vaso, vê ruir o sonho de ser uma legítima
Murano. Suas últimas palavras

4- "quem não me quis há de ser infeliz,
quem me quebrou há d ganhar o troco, meus
cacos hão d sangrar a mão de quem me catar!".

HollyCould

1- Escreve roteiros, em Hollywood ele é o cara. Noite-dia, nonstop,
é rock around the clock. Acorda c/ o tiro.
"Eu sonhei ou

2- escrevi? Nenhum. Me vejo morto, caído no computador, tela vazia, credo,
isso é tão filme B! Óbvio: quem atirou fui eu. E depois? Depois tem

3- polícia, e vou preso pq matei eu mesmo? Taí uma boa comédia. Fala sério, filme d mistério é q não é.
Drama, romance, ficção?
Acho q não.

4- Pare e pense é puro Cinecittà nonsense. Cinema é assim, é tudo fita, aplausos
na saída. Fim. Meu filme daria uma vida."

Os Nada

Em algum lugar do mundo uma família não come há meses e definha aos poucos. Pele, osso, órbitas arregaladas. A esperança bate à porta anunciando o fim. Ninguém dá pela falta d quem nunca existiu.

Bízniz

1- "não deixe que o planejamento interfira na ação." Única mulher no meio d burocratas c/ teorias do nada sobre porranenhuma.

2- Bando d babacas. A moça é mão na massa, o lema é "não fale, faça". Ousada, até o jingle do cliente ela compôs. Os CDFs cortaram seu barato.

3- Demite-se e no ato é contratada como Big Boss da concorrente. Toca p/ frente, fecha no azul, Moça Inteligente. Oh não! lá estão eles.

4- The Burrocrats:
"Vc jamais será um d nós"
Sem sorrir ela encara os caras:
"A melhor vingança é não se tornar igual ao inimigo".

Conto do vigário

Templo lotado. Gente simples c/ seus dízimos-porta-do-céu. O trispo Pedir Mais Cedo ensaia. Capatazes o veneram. Bracinhos-mãozinhas-dedinhos, parece um dinossaurinho. Entra em cena, humilde feito rei. Não contava c/ a astúcia do inimigo q jogou LSD na caixa-d'água do templo. Fiéis tudo doidão, mano. Trispo ameaça orar e o povo racha o bico. Hj necas d dízimo, índio quer apito. Vexame. Revoltado o trispo, apelidado d Horácio, the Little Dino, foge do escândalo c/ Bíblia e cueca recheadas d dólares e cantando
"querem acabar comigo,
isso eu não vou deixar"

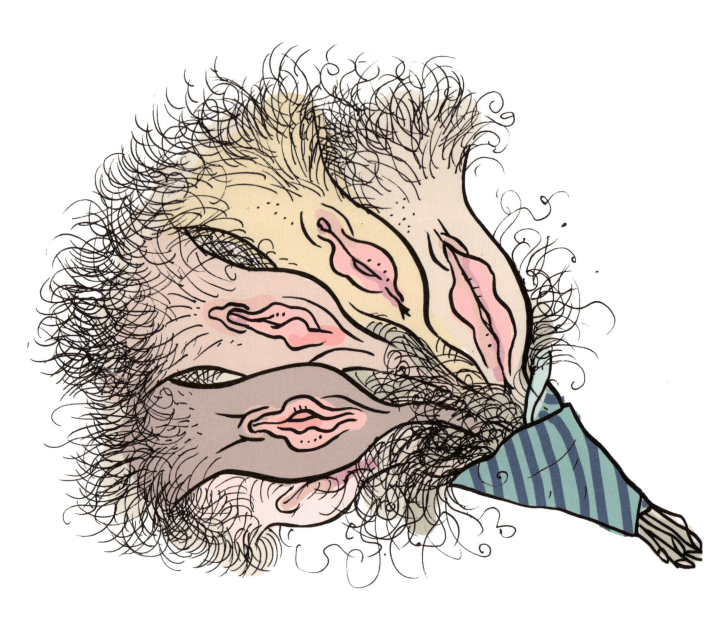

Bunday

1- Era uma vez uma xereca russa chamada Xavaska, em
cuja floresta púbica se escondia
a vagina da máfia: codinome Anastácia.
Sua família, da nobreza

2- Orleans y Orloff, caiu morta, ploft. Foi lá em Curralada,
cidade localizada em Pekin, onde Mao ficou ruim e o
presidente RasPutin tomou o poder. Foge p/

3- o Brasil Joiabixo, cai no samba do crioulo
doido e faz o mundo todo cantar:
"Eu sou a Xana, a perereca da vizinha
sou eu mesma, sim senhor"

Desrespeitável

1- Desta vez la decantanta ia ser a grande atração do Circo.
No camarim suas 9 Vuitons fakes. Satisfação. Toc toc

2- Entra um bonitão, o dono do Circo. Papo vai papo vem, acabam fazendo aquilo.
Satisfação. Dá-lhe maquiagem e melhor figurino. Toc toc. Um

3- anão vem buscá-la. Cortinas se abrem, ela entra e tchibum no aquário,
de onde o mágico Fudini a salvará em 7 seg…25 seg…1 min…

4- Oxigênio, boca a boca, o respeitável público ri e reza. Plin! La cantante gôrfa e ressuscita.
O Circo Voador levou o sorriso dela.

Relegada

1- Mulher-Poltrona vendia tecidos importados, ela mesma servia d mostruário: assento d veludo roxo, encosto d seda chinesa em

2- brocado e lantejoulas laranjas. Toda noite forrava-se c/ panos d sua loja e amanhecia vestida p/ negociar. Até q chega uma indiana ricaça

3- oferecendo fortunas por ela, the couch woman. Seu próprio ego a vendeu e fugiu p/ Legoland. "Este lado p/ cima" pediu meiga. Oh, nãão!

4- La FemmeRecamier servirá d cama no mini-harém do filho da indiana e futuro marajá. Primeira festinha, nem forro soçobrou.

As mina

1- Ela dava pra vizinhança inteira.
Ele aceitava sem reclamar, estava c/ câncer adiantado,
não conseguia mais transar.

2- Levava homens p/ casa, fazia altas sacanagens p/ ele
assistir, le voyeur malade. Casal moderno.
Um belo dia ela trouxe uma mulher. E foi

3- tão excitante q ele teve um orgasmo. Repetiram dia
seguinte e a semana toda. A mulher passou
a morar lá, dormiam juntas. No meio da noite

4- ele se desespera e mata as duas a machadadas:
"Eram diabas cheias d vida, meu anjo da morte
não aguentou tanta siririca".

Desgraçado

1- O rapaz era tão chato q nem o ninfomaníaco da turma o queria por perto. Ele sabia q suas graças eram sua desgraça. Certa vez

2- levou uma surra pq disse q a namorada do colega tinha bigode. Vendo-se sem amigos, o chato busca ajuda espiritual. Virou pentelhista. Com

3- a Bíblia em punho discursa sobre a ira d Deus e os pecados da carne. O q era chato virou insuportável. Qdo apareceu morto o mundo enfim

4- achou graça nele… nu, di pinto di blue, enrolado em papel higiênico e uma nota "vá encher o saco d Deus".
Chatice ñ é transmissível.

Palo Grande

1- Era uma vez 1 cara normal. Tudo nele era normal, rosto comum, nem alto nem baixo, gordo ou magro, normal. Exceto 1 detalhe:

2- seu pau. Des-co-mu-nal. Por + normal q o cara fosse, o volume era tal q ninguém olhava outra coisa q não seu pau. E foi virando um circo,

3- até romaria p/ ver o Santo do Pau Grosso, padroeiro da ereção. O agito foi tanto q o cara normal ploft! Não aguentou o tranco.

4- Rapidinho retiraram do morto o "troféu" e até hj, sobre um altar d oncinha, repousa a avantajada relíquia. Pau nosso d cada dia.

KGBilau

1- Rasputinho, o monge gay, entra furtivo no palácio real c/ sua capa preta d lantejoulas. Ataca um segurança bonitão e o mata

2- c/ um boquete certeiro. Nada nem ninguém pode impedir sua volúpia revolucionária. Caminho desimpedido até o quarto da rainha. Entra sem

3- bater. Ela já o aguardava: "querido, vc demorou, trouxe o q pedi?". Debaixo da capa Rasputinho retira o Vibrador d Ouro Fabergé, a peça

4- cobiçada por 10 entre 10 rainhas malcomidas. A czarina pega o troféu e tchóf, Rasputinho pega o iPhone e flash! Papparazzovski.

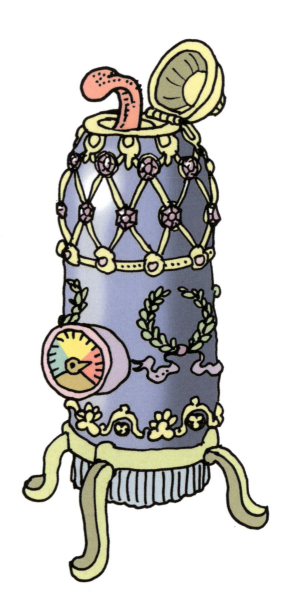

La Cucaracha

1- "Vou acabar c/ a vida daquele desgraçado." Manu jura vingança. Motivo?
A barata. Sim, Manu tinha uma barata-pet q criava

2- desde pequena no rodapé do quarto. Assobiava e ela vinha ganhar um torrão d açúcar.
Comovente. Até o dia qdo o dono da pensão lhe faz uma

3- visitinha e, admirado diante do asseio do inquilino, dá um assobio "fiu-fiu".
A barata-pet sai da toca, o cara vê e… nhoft! adeus, Rosinha.

4- Mané tem um plano à altura: desabar um piano sobre a cabeça do dono da pensão… shplaft!
na mosca. Agora só falta o piano.

Médicos

O médico do médico não sabe o diagnóstico.
O médico não sabe q o médico não sabe.
O médico diz ao médico q vai indicar outro

médico. O médico indicado pelo médico p/ diagnosticar o
médico diz q tb não sabe q doença é. O médico do médico
não entende o médico.

Os 3 médicos chegam à conclusão d q é doença
imaginária. Saindo do hospital encontram um médico
amigo q tem certeza d q o médico,

o médico do médico e o médico indicado pelo médico
do médico estão loucos de pedra
e interna os caras. O médico e os monstros.

Love story

"Ele nem sabe q eu existo.
Ao meio-dia vou ficar pelada na praça
da República!" Sim, nada como um
escândalo p/ chamar atenção.

Nua em pelo, os transeuntes
nem tchum p/ ela. Sampa bízi demais
p/ perder tempo c/ sacanagem.
Humilhada vestiu-se e foi p/ casa. Dia

seguinte esbarra c/ o amado no
elevador. Rola um kerekekê.
No jantar ele diz: "garanto q ontem
aquela maluca peladona fez o q fez por
amor a um idiota".

Festival

A multidão dispersa-se e Leidinha fica, em estado d graça. A graça acaba qdo 2 guardas a levam presa.
Art. 243689-467 parag 353269-23 pag 35685, adendo 4372: Proibido garotas perambulando em trajes leves no pátio depois do show terminado.
"a lei é clara senhorita".
Leidinha está incomunicável até o FICA 2053. Esta é a saga da garota q estava no lugar certo, na hora certa, no dia certo. Só q nua.

PASSARINHA

Árvoreminha alma no jardim
Eu, passarinha de mim, nem pisco
Eu vi um disco voador
E lá dentro
Bem te vi beija flor

Sabiassobiando
Eu, passarinha de mim, nem pio
Assobio hipnótico
Tatu tava tchun
Agora tatu tá ótimo

Andorinha de um só verão
Eu, passarinha de mim, te chamo
Te amo eu t'aime
Em francês amor
Se diz Oui Rapurrrrú

Fim

Rita Lee é cantora e compositora. É a artista brasileira que mais vendeu discos na história do país, tendo recebido inúmeros discos de platina, ouro e diamante. Teve músicas gravadas por João Gilberto, Gilberto Gil, Elis Regina, entre tantos musicistas. Transitando por diversos gêneros, do tropicalismo ao pop, do rock à música latina, Rita Lee é uma das artistas que mais influenciou e segue influenciando a música brasileira.

Laerte nasceu em São Paulo, em 1951. É autor de histórias em quadrinhos, cartuns, ilustrações e textos. Foi, com Angeli e Glauco, o criador da lendária série de quadrinhos *Los três amigos*, além de editor da revista *Striptiras*, que marcou época ao lado de publicações independentes como *Circo* e *Chiclete com banana*. Mantém uma tira diária na *Folha de S.Paulo*. Dele, a Companhia das Letras publicou *Muchacha*.

Copyright do texto © 2013 by Rita Lee
Copyright das ilustrações © 2013 by Laerte

Capa e projeto gráfico
Alceu Chiesorin Nunes

Revisão
Marina Nogueira
Luciana Baraldi

Dados Internacionais de Catalogação na Publicação (CIP)
(Câmara Brasileira do Livro, SP, Brasil)

Lee, Rita
Storynhas / Rita Lee ; ilustrações Laerte. — 1ª ed. —
São Paulo : Companhia das Letras, 2013.
ISBN 978-85-359-2360-5
1. Contos brasileiros 2. Lee, Rita, 1947-
3. Twitter (Redes sociais online) I. Laerte. II. Título.

13-11178   CDD-869.93

Índice para catálogo sistemático:
1. Minicontos : Literatura brasileira   869.93

[2013]
Todos os direitos desta edição reservados à
EDITORA SCHWARCZ S.A.
Rua Bandeira Paulista, 702, cj. 32
04532-002 — São Paulo — SP
Telefone: (11) 3707-3500
Fax: (11) 3707-3501
www.companhiadasletras.com.br
www.blogdacompanhia.com.br

Esta obra foi composta em Orca Pro e impressa na RR Donnelley
em ofsete sobre papel Alta Alvura da Suzano Papel e Celulose
para a Editora Schwarcz em novembro de 2013

A marca FSC® é a garantia de que a madeira utilizada na fabricação do papel deste livro provém de florestas que foram gerenciadas de maneira ambientalmente correta, socialmente justa e economicamente viável, além de outras fontes de origem controlada.